Maria Grau

DANIEL, EL BOMBERO

Dibujos de Eva Janàriz

Todos conocen a Daniel, el bombero,
que tiene un bigote, un gran casco...

TODOS CONOCEN A DANIEL, EL BOMBERO,
QUE TIENE UN BIGOTE, UN GRAN CASCO...

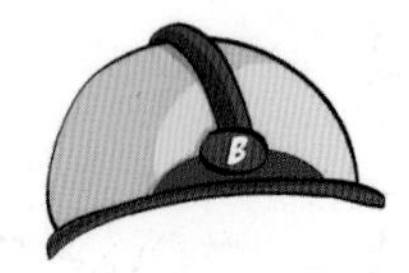

... y un camión rojo como compañero,
que, con su sirena, se salta los atascos.

... Y UN CAMIÓN ROJO COMO COMPAÑERO,
QUE, CON SU SIRENA, SE SALTA LOS ATASCOS.

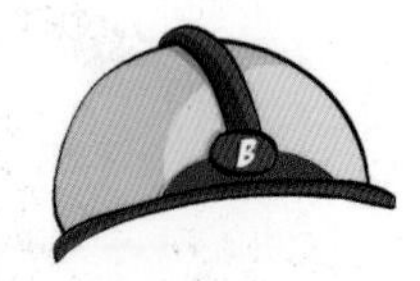

B
112

Daniel trabaja en el parque de bomberos y se esfuerza para apagar los fuegos.

DANIEL TRABAJA EN EL PARQUE DE BOMBEROS Y SE ESFUERZA PARA APAGAR LOS FUEGOS.

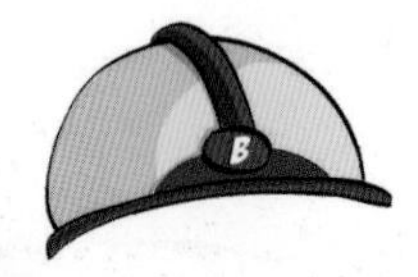

B

Tanto los que prenden
un edificio en la ciudad

TANTO LOS QUE PRENDEN
UN EDIFICIO EN LA CIUDAD

como los que queman el bosque,
¡esa es la verdad!

COMO LOS QUE QUEMAN EL BOSQUE,
¡ESA ES LA VERDAD!

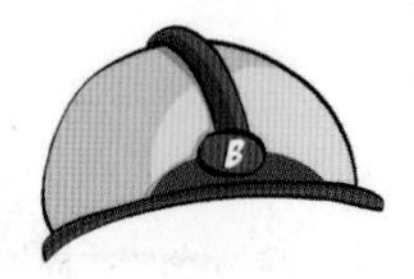

También ayuda a todos los animales:
gatos, perros... los trata como a iguales.

TAMBIÉN AYUDA A TODOS LOS ANIMALES:
GATOS, PERROS... LOS TRATA COMO A IGUALES.

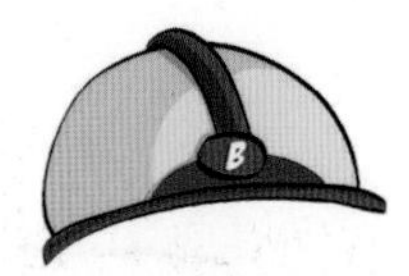

B

En Daniel siempre puedes confiar.

EN DANIEL SIEMPRE PUEDES CONFIAR.

Cuando hay una fuga de agua,
él la sabe reparar,

CUANDO HAY UNA FUGA DE AGUA,
ÉL LA SABE REPARAR,

B

y los excursionistas saben
que los vendrá a rescatar.

Y LOS EXCURSIONISTAS SABEN
QUE LOS VENDRÁ A RESCATAR.

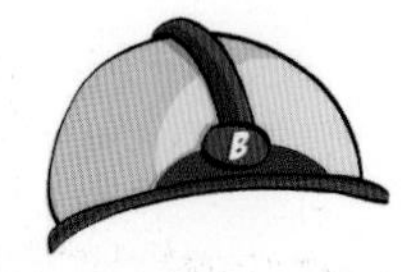

Daniel ayuda a todo el mundo
y todos lo quieren un montón.

DANIEL AYUDA A TODO EL MUNDO
Y TODOS LO QUIEREN UN MONTÓN.

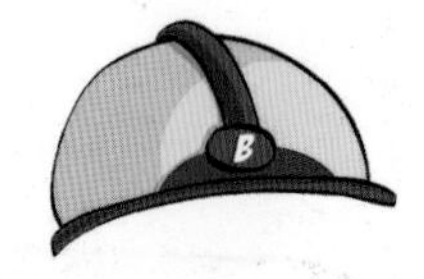

B

Es un bombero muy simpático y valiente,
¡y con un gran corazón!

ES UN BOMBERO MUY SIMPÁTICO Y VALIENTE,
¡Y CON UN GRAN CORAZÓN!

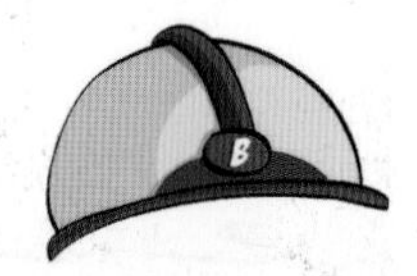

DANIEL AYUDA A LOS DEMÁS, Y TÚ, ¿LO HACES?

1.ª edición: septiembre de 2019
…
5.ª edición: febrero de 2021

C. Ribot i Serra, 162 Bis
08208 - Sabadell (Barcelona)

ISBN: 978-84-17210-21-2
Depósito legal: B 16235-2019
Impreso en Toppan (China).